시가 내게로 왔다 4

시가 내게로 왔다 4

김용택

마음산책

시가 내게로 왔다 4

1판 1쇄 발행 2011년 1월 15일
1판 9쇄 발행 2019년 4월 1일

지은이 | 김용택
펴낸이 | 정은숙
펴낸곳 | 마음산책

등록 | 2000년 7월 28일(제13-653호)
주소 | (우 04043) 서울시 마포구 잔다리로 3안길 20
전화 | 대표 362-1452 편집 362-1451   팩스 | 362-1455
홈페이지 | http://www.maumsan.com
블로그 | maumsanchaek.blog.me
트위터 | http://twitter.com/maumsanchaek
페이스북 | http://www.facebook.com/maumsanchaek
전자우편 | maum@maumsan.com

ISBN 978-89-6090-096-7 03810

* 책값은 뒤표지에 있습니다.

저 별은

하늘 아이들이

사는 집의

쬐그만

초인종

문득

가만히

누르고 싶었다.

―이준관, 「별 하나」

▫ 일러두기

이 책은 『어린 영혼들은 쉬지 않는다』(2006)의 개정판입니다.

지친 발을 가만히 내려놓으며

나는 요즘 번역된 우리의 한시와 동시 속에 빠져 산다. 문학의 바다는 넓고, 그 바다에는 삶의 거친 풍랑이 있었다. 인간 세상에서 일어나는 사랑과 미움의 파도는 때로 바위에 부딪혀 물보라로 흩날렸고, 아침 바다처럼 찬란했으며, 저녁 바다로 장엄하게 잠들었다. 옛사람들의 숨소리가 들리는 시들은 맑고 향기로워 거칠어진 나의 하루를 다스려주었고, 때 묻지 않은 어린이들의 세상은 내 영혼이 아직도 파랗게 숨을 쉬고 있음을 확인해 행복감에 젖게 했다. 내 인생의 또다른 개척이었던 셈이다. 아! 삶은, 인생은 이래서 살아볼 만한 것이 아니던가. "이 세상 모든 사물 가운데 귀천과 빈부를 기준으로 높고 낮음을 정하지 않는 것은 오직 문장뿐이다. 훌륭한 문장은 마치 해와 달이 하늘에서 빛나는 것과 같아서, 구름이 허공에서 흩어지거나 모이는 것을 눈이 있는 사람이라면 보지 못할 리 없으므로 감출 수 없다. 그리하여 가난한 선비라도 무지개같이 아름다운 빛을 후세에 드리울 수 있으며, 아무리 부귀하고 세력 있는 자라도 문장에서는 모멸당할 수 있다." 이인로의 글이다.

나는 우리의 삶을 새로운 정신으로 해석해놓은 글을 대하면 말할 수 없는 감동에 휩싸여 어쩔 줄을 몰랐다. 나는 47편의 동시를 모아 읽으며 놀랐다. 우리의 동시들이 이렇게나 아름답다니. 나이 들고 삶에 지치고 찌든 어른들이 세상을 어지럽히고 혼란 속에 빠뜨리는 동안 이렇게 어린 영혼의 집을 짓는 어른들이 있었다니, 놀라기 좋아하는 나는 정말로 놀란 것이다.

나는 평생 동안 아이들과 함께 이 세상을 살아왔다. 어린 영혼들은 쉬지 않는다. 사색과 명상이 없다. 복잡한 계산을 하지 못한다는 말이다. 어린 영혼은 작은 빗방울에도 파르르 떠는 풀잎 같다. 바람과 비와 눈과 해와 달이 그 바람과 비와 눈과 해와 달로 머물다 가는, 결코 훼손될 수 없는 인간 본연의 아름다운 고향이 거기에 있다. 우리가 버리고 잃어버린 그 순결한 영혼이 깊은 산속 옹달샘처럼 맑고 깨끗하게 우리의 하늘과 세상을 비추고 있다. 나는 그 샘가를 빙빙 돌기도 하고, 그 샘물을 마시기도 했으며, 그 샘물로 더워진 내 삶의 등을 씻기도 했다. 오, 아름다워라 삶이여! 오, 행복해라 어린 영혼이여! 우리 거기 그 아름다운 샘물로 잠시 돌아가 앉아볼 일이다. 그 샘물로 타는 갈증을 적시고, 지친 발등을 적셔볼 일이다. 무엇이 이리 숨 가쁘고, 무엇에 이리 목매달고, 무엇을 잡으려고 이리 발버둥인가. 돌아가볼 일이다. 저 맑고 깨끗한 날로 돌아가 잠시 가쁜 숨을 몰아쉬며 내 놀던 동산 옹달샘가에 잠시라도 쉬어볼 일이다. 해와 달과 바람에게, 꽃과 나무와 새에게 나를 잠시 맡겨볼 일이다.

2006년에 엮어 냈던 『어린 영혼들은 쉬지 않는다』를 『시가 내게로 왔다 4』로 단장해 내놓는다. 이 책에 실린 글들이 우리나라의 동시를 대표한다거나, 가장 우수한 동시라거나, 문학사적으로 가치가 있다거나 하는 것은 별개의 문제다. 나는 다만 우리가 이렇게 살아가고 있는 그 힘은 실은 이 아름다운 동심에 뿌리를 내리고 있기 때문이라는 것을 확인했다. 영원히 변색되거나 윤색되거나 탈색될 수 없는 영롱한 영혼 위에 우린 이렇게 숨 쉬며 사는 것이다. 아직 우리가 사는 대지 위에 빛나는 무지개가 뜨는 것이 그 확인이리라. 나는 다시 그렇게 믿었다.

문학의 바다는 우리가 사는 삶의 또다른 얼굴이다. 그 푸른 바다에 바람이 불고 파도가 칠지라도 그 심연에는 사람이 살아가야 하는 '행복'이라는 나라가 숨어 있을 것이다. 그 아득한 나라로 우리 다시 한 번 지친 발을 가만히 내려놓자. 한번 그래 보자. 이 책은 그래서 우리들의 고향집이다.

2011년 1월
김용택

차례

이 세상에 상처 없는 영혼이 어디 있으랴.

상처, 또다른 이름의 꽃.

상처 속에서 생살은 차오른다.

내가 채송화꽃처럼 조그마했을 때

이준관

내가 채송화꽃처럼 조그마했을 때
꽃밭이 내 집이었지.
내가 강아지처럼 가앙가앙 돌아다니기 시작했을 때
마당이 내 집이었지.
내가 송아지처럼 겅중겅중 뛰어다녔을 때
푸른 들판이 내 집이었지.
내가 잠자리처럼 은빛 날개를 가졌을 때
파란 하늘이 내 집이었지.

내가 내가
아주 어렸을 때,

내 집은 많았지.
나를 키워 준 집은 차암 많았지.

세상에서 제일 아름다운 동시로 나는 이 시를 꼽는다. 이 세상에서 가장 많은 생각을 떠올리게 하는 시도 이 시다. 세상에, 세상에 있는 작고 어여쁜 것들이 다 내 집이 되던 때가 우리에게 있었다. 이 시를 읽고 있으면, 지금의 내가 불쌍하기도 하고, 행복하기도 하고, 슬프기도 하고, 기쁘기도 하다. 어느 날, 그 어느 날 강변에 붉게 핀 자운영꽃을 찾아 아장아장 걸었을 내가, 오직 한순간 그 꽃이 내 생의 전부였을 그런 날들이 있었다. 오! 생이여! 하루를 살고 지친 다리를 이끌며 찾아가는 내 집은 어디인가.

오는 길

피천득

재잘대며
타박타박
걸어오다가

앙감질로
깡충깡충
뛰어오다가

깔깔대며
배틀배틀
쓰러집니다.

 '타박타박' 이라는 말이 이렇게 아름답게 타박타박 소리를 내는 시도 드물다. '깡충깡충' 이라는 말이 이렇게 깡충깡충 어울리는 시도 드물다. '배틀배틀' 이라는 말이 이렇게 배틀거리는 느낌으로 아름다운 모습을 그리는 시도 드물다. '쓰러집니다' 라는 말 때문이다.

여름에는 저녁을

오규원

여름에는 저녁을
마당에서 먹는다
초저녁에도
환한 달빛

마당 위에는
멍석
멍석 위에는
환한 달빛
달빛을 깔고
저녁을 먹는다

숲속에서는
바람이 잠들고
마을에서는
지붕이 잠들고

들에는 잔잔한 달빛
들에는

봄의 발자국처럼
잔잔한
풀잎들

마을도
달빛에 잠기고
밥상도
달빛에 잠기고

여름에는 저녁을
마당에서 먹는다
밥그릇 안에까지
가득 차는 달빛

아! 달빛을 먹는다
초저녁에도
환한 달빛

내가 어렸을 때, 초가지붕에 달빛을 받은 박꽃이 환하게 피어나는 밤, 아버지는 마당에 모깃불을 피우고 멍석을 깔았다. 소는 저만큼 두엄자리에서 뒷발과 꼬리로 모기를 쫓고 우리는 달빛 속에 앉고 누워 놀았다. 때로 옥수수도 쪄 먹고, 감자도 쪄 먹고, 다슬기도 까먹었다. 이 산 저 산에서는 소쩍새가 울고, 달빛 속에 숨은 어둔 산속으로 반딧불이들이 날아다녔다. 나는 이따금 어머니와 함께 이슬에 젖은 빨래를 다렸다. 내 이마에는 땀이 송글송글 맺혔다. 어머니 이마에 맺힌 땀방울이 달빛에 빛났다. 달빛으로 한밤을 지내던 날들이 있었다. 어슴푸레한 달빛 아래 고요하고 적막한 밤들이 있었다. 다시는 이쪽으로 건너올 수 없는 우리의 저쪽이.

초록 바다

박경종

초록빛
바닷물에
두 손을 담그면,

파아란
초록빛
물이 들지요.

초록빛
예쁜
손이 되지요.

초록빛
여울물에
두 발을 담그면,

물결이
살랑살랑
어루만져요.

우리 순이
손처럼
간지럼 줘요.

나는 지금 너에게 가서 물들어, 너에게 어루만짐을 당하고 싶다. 이 세상에서 가장 따스하고 보드라운 너의 손길로. 그리고 네 마음에 물들고 싶다.

나무

박두순

해마다
조금씩
조금씩
뒤꿈치를 들어
키를 높여요.

나는 나무를 좋아한다. 얼마나 나무를 좋아하면 '나무'라는 제목으로 시집을 냈을까. 나무는 학교를 다니지도 않고, 나무는 공부도 하지 않고, 나무는 어디를 돌아다니지도 않는다. 나무는 평생을 그 자리에 서서 해마다 이 세상에서 가장 아름다운 그림과 시와 음악을 이루어낸다. 나무에 잎이 피는 것을 보고 있으면 가장 아름다운 혁명 같고, 가장 높은 도덕 같고, 가장 눈부신 사랑 같다. 나무는 해마다 새로운 역사를 써 나간다. 나무, 나무, 나무는 성스러운 성자 같다. 나무에 몸을 기대고 서보라. 나무에 기대고 서서 흘러가는 물을 바라보라. 나무에 기대고 서서 먼 하늘을 바라보라. 새로운 나라가 거기 있을 것이다.

나는 시골 우리 집 앞 강 언덕에 한 그루 느티나무를 심어 가꾸고 있다. 지금은 그 나무가 아름드리로 컸다. 그 나무의 하루와 한 달과 일 년을 보며 나는 삼십 년을 살았다. 잎이 피어서 지고 서리꽃이 하얗게 피고 눈이 내려 쌓이고 새로 잎이 필 때까지, 그때까지 나무 한 그루에서 일어나는 일은, 그러니까 시요 음악이요 그림이요 역사인 것이다. 밤이면 소쩍새가 날아와 우는 그 나무에 대한 글을 써서 한 권의 책으로 낼 생각을 하고 있다.

별을 긷지요

김종상

우물에 가라앉은
하늘 한 자락

저녁 노을 사라지고
별이 뜨지요

퐁당 퐁당
물무늬 속에
영이의 두레박이
별을 긷지요

종종걸음 돌아가는
작은 동이에

별들이 찰랑 찰랑
담겨 가지요

'그 여자'도 이따금 물을 길어 동이 가득 이고 고샅길로 종종걸음을 쳤다. 똬리 끈을 입에 물고. 동이 가득한 물이 남실거리다가 동이에 물이 넘쳐 흰 이마로 흘러내려 긴 속눈썹에 걸리면, 그 여자는 한 손으로 이마 위 머리칼에 맺힌 물방울들을 거두어 뿌렸다. 그 여자의 흰 손을 떠난 그 작은 물방울들이 산으로 날아가 꽃으로 피어났다. 자운영꽃이 되기도 하고, 하얀 눈이 되어 나무 위에 얹히기도 했다. 그 희고 고운 손길 끝에서 피어나던 꽃은 때로 별이 되어 내 이마에 떨어졌다.

찔레꽃

이원수

찔레꽃이 하얗게 피었다오.
누나 일 가는 광산 길에 피었다오.

찔레꽃 이파리는 맛도 있지.
남 모르게 가만히 먹어 봤다오.

광산에서 돌 깨는 누나 맞으러
저무는 산길에 나왔다가

하얀 찔레꽃 따 먹었다오.
우리 누나 기다리며 따 먹었다오.

초등학교 때 학교에서 돌아오면 큰집에 사시는 할머니는 나에게 할 일을 일러주었다. "용택아, 집 안 청소해놓고, 보리쌀 갈아 씻어놓고, 감자 껍질도 벗겨놓고, 상추도 뽑아다가 씻어놓고, 그리고 아기가 깨면 아기 젖 먹이러 평밭으로 오라더라." 나는 할머니가 일러준 대로 일을 다 마치고, 동생을 업고 어머니가 일하는 곳으로 찾아갔다. 강가에는 찔레꽃이 아기를 업을 때 둘러맨 광목 띠처럼 하얗게 피어 있었다. 붓꽃도 피어나고, 노란 개구리자리꽃이 강까지 걸어나가 물에 얼굴을 비추며 피어 있기도 했다. 먼 산에서는 뻐꾹새가 울었다. 아기 젖을 먹이고 집으로 돌아오는 길은 한갓졌다. 그럴 때, 그렇게 해가 저문 강 길에서 나도 찔레꽃을 따 먹었다.

집오리

권오훈

우리 속에
날 왜 가둬
왜
왜
왜
왜.

문 열어주면
넓은 세상 빨리 가자
갈
갈
갈
갈.

연못에 뛰어들어선
어,시원하다
어
어
어
어.

이 시를 읽으니, 이런 생각이 난다.

언젠가 집에서 오리를 한 스무 마리쯤 키웠다. 우리 집만 키운 게 아니라, 동네 몇 집에서 오리를 키웠다. 아침에 오리에게 대충 모이를 주고 동네 앞 강물로 내몰면 오리들은 하루 종일 강에서 먹이를 찾아 먹고 해가 넘어가면 집으로 돌아왔다.

어느 해였다. 오리들이 아직 노란 털을 벗지 않은 새끼 오리일 때였다. 하루는 동네 오리들이 함께 놀다가 우리 집 오리와 이웃집 오리들이 갈라지지 않고 다 우리 오리막으로 들어와버렸다. 난처했다. 누구도 자기 오리를 찾아 가릴 수 없었기 때문이다. 어머니는 이웃집 아주머니에게 아직 오리가 어리니, 알아서 열일곱 마리를 가져가라고 했다. 그런데 이 아주머니는 뒤섞인 오리들 중에서 큰 오리들만 추려서 자기 집으로 몰고 갔다. 어머니는 조금 언짢은 표정을 하시더니, 오리가 곧 클 텐데 뭐, 하였다. 그뒤로 그 이웃집 오리는 붉은 페인트칠을 하고 다녔다. 세월이 가서 알을 낳을 때가 되었는데, 그 집 오리는 모두 수놈이어서 알을 낳지 못했다. 우리 어머니는 아침마다 오리막에서 주먹만 한 오리알을 한 바가지씩 가지고 나왔다.

수양버들

김영일

수양버들
봄바람에
머리 빗는다.

언니 생각난다.

우리 학교에서 벚꽃 축제 때 글쓰기 대회를 했다.
1학년 지현이가 제목도 없이 이런 시를 써왔다.

벚꽃이 참 예쁩니다
벚꽃을 보면 이모생각이
남이다.

나는 이 시를 장원으로 뽑아 교장 선생님께 보여드렸다. 한
참을 보고 있던 교장 선생님이 "근데, 김 선생 너무 짧네" 하신
다. 그 지현이는 2학년에 올라가며 우리 반이 되었고, 지현이
동생 승진이가 1학년으로 들어와 이런 시를 썼다.

언니가 쿨쿨 코를 고라요
코굴코굴 참 시끄러워요
숨이 팔딱팔딱 뛰어요
동시를 안 쓰고 잤어요 언니가요.
─「언니」

'언니' 라는 말이 이렇게 애틋하고 정겹다니.

꽃씨

최계락

꽃씨 속에는
파아란 잎이 하늘거린다

꽃씨 속에는
빠알가니 꽃도 피면서 있고

꽃씨 속에는
노오란 나비 떼가 숨어 있다.

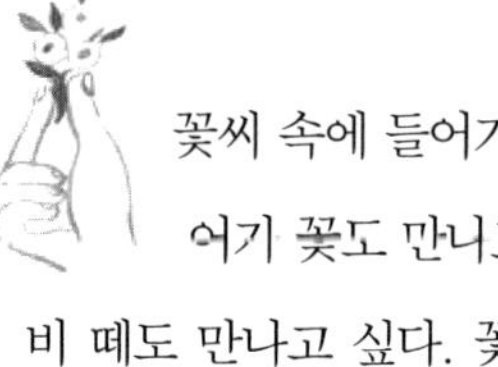

꽃씨 속에 들어가 파란 잎도 만나고 싶고, 꽃씨 속에 들어기 꽃도 만나보고 싶고, 꽃씨 속에 들어가 노오란 나비 떼도 만나고 싶다. 꽃씨를 들여다보는 마음이 이리 아름다운 사람은 어린이들이 마음속 가득 놀고 있을 것이다.

목장

로버트 프로스트 | 이상옥 옮김

목장의 샘을 치러 나갑니다.
가랑잎을 긁어내기만 할 거예요.
물이 맑기까지 기다릴지도 모르죠.
오래 걸리지 않을 겁니다. 함께 가실까요.

어린 송아지를 데리러 나갑니다.
어미 소 옆에 서 있는 게 너무 어려서
어미가 핥아주면 비틀거리죠.
오래 걸리지 않을 겁니다. 함께 가실까요.

로버트 프로스트, 로버트 케네디 대통령 취임식장에서 시를 낭송해서 더욱 유명해진 시인. 그의 시 중에서 나는 이 시를 제일 좋아한다. 물론 「가지 않은 길」도 있지만. 「목장」은 전원시의 전형이다.

송아지는 어미 뱃속에서 나오자마자 일어서서 걷는다. 어렸을 때 외양간에서 소가 새끼 낳는 것을 본 적이 있는데, 송아지가 어미 뱃속에서 나오자마자 비칠비칠 일어나 걷는 것을 보고 정말 놀란 적이 있다. 송아지가 파란 강변에서 뛰놀며 강아지들과 장난하는 모습은 참으로 평화로운 풍경이었다. 개가 송아지를 쫓다가, 다시 송아지가 개를 쫓는 장난을 하다가, 강변을 벗어나 마을 앞 텃밭으로 이리저리 뛰어다니면 동네가 시끄러웠다. 여기저기서 송아지를 쫓는 소리, 욕하는 소리가 산천을 쩌렁쩌렁 울렸던 것이다. 그 중에서 무지무지 욕을 잘하는 우리 뒷집 할머니는 송아지가 자기 욕을 알아듣든 말든 송아지와 송아지 주인을 싸잡아 벼락치는 소리로 욕을 퍼부었다. 어찌나 큰소리로 욕을 하던지 천방지축 뛰어다니던 송아지가 우뚝 서서 할머니를 물끄러미 바라보는 모습을 나는 여러 번 보았다.

'함께 가실까요'는 이 시가 빛을 발하는 구절이고, 우리 삶이 환한 꽃처럼 빛날 수 있는 말이다. 소와 강아지가 장난을 치고 있는 너른 강변으로 소를 가지러 가고 싶다.

봄 편지

서덕출

연못 가에 새로 핀
버들 잎을 따서요
우표 한 장 붙여서
강남으로 보내면
작년에 간 제비가
푸른 편지 보고요
대한 봄이 그리워
다시 찾아 옵니다

일제 강점기에 쓰인 이 「봄 편지」를 나는 초등학교 때 배웠다. 이 시를 가르친 선생님은 '새로 핀 버들 잎' '제비' '푸른 편지' '대한 봄이 그리워'라는 말이 일제 식민지로부터의 우리 민족의 '해방'을 노래한 것이라고 말씀하셨다.

한시나 옛날 사람이 쓴 시를 읽을 때마다 느끼지만 그들이 자연을 보는 눈은 신기할 정도로 섬세했다는 것이다. 오늘날 생태시나 자연시를 쓰는 시인은 많은데, 여름에 필 꽃을 가을에 피게 해놓은 시도 있고, 산에 필 꽃을 강변에다가 피워놓은 시인도 있다.

이 시는 1925년 〈어린이〉라는 잡지 3권 4호에 실렸다. 「오뚜기」를 쓴 윤석중, 「고향의 봄」을 쓴 이원수, 「봄 편지」를 쓴 서덕출, 「오빠 생각」을 쓴 최순애 등은 일제 식민지의 설움과 희망을 노래한 우리에게 친근하면서도 오래오래 남을 시인들이다.

흔들리는 마음

임길택

공부를 않고
놀기만 한다고
아버지한테 매를 맞았다.

잠을 자려는데
아버지가 슬그머니
문을 열고 들어왔다.

자는 척
눈을 감고 있으니
아버지가
내 눈물을 닦아 주었다.

미워서
말도 안 할려고 했는데
맘이 자꾸만 흔들렸다.

이 시를 읽는 동안 나는 김현승의 시가 생각났다. 여기에 적어 옮긴다.

바쁜 사람들도
굳센 사람들도
바람과 같던 사람들도
집에 돌아오면 아버지가 된다.

어린 것들을 위하여
난로에 불을 피우고
그네에 작은 못을 박는 아버지가 된다.

저녁 바람에 문을 닫고
낙엽을 줍는 아버지가 된다.

세상이 시끄러우면
줄에 앉은 참새의 마음으로
아버지는 어린 것들의 앞날을 생각한다.
어린 것들은 아버지의 나라다. 아버지의 동포同胞다.

아버지의 눈에는 눈물이 보이지 않으나

아버지가 마시는 술에는 항상

보이지 않는 눈물이 절반이다.

아버지는 가장 외로운 사람이다.

아버지는 비록 영웅英雄이 될 수도 있지만…….

폭탄을 만드는 사람도

감옥을 지키던 사람도

술가게의 문을 닫는 사람도

집에 돌아오면 아버지가 된다.

아버지의 때는 항상 씻김을 받는다.

어린 것들이 간직한 그 깨끗한 피로…….

―김현승, 「아버지의 마음」

오우가

윤선도

내 벗이 몇인가 하니 수석과 송죽이라
동산에 달 오르니 그 더욱 반갑고야
두어라 이 다섯밖에 또 더하여 무엇하리

구름빛이 맑다 하나 검기를 자주한다
바람 소리 맑다 하나 그칠 적이 많다
맑고도 그칠 때 없기는 물뿐인가 하노라

꽃은 무슨 일로 피면서 쉬이 지고
풀은 어이하여 푸른 듯하다 누렇게 되나니
아마도 변치 않는 것은 바위뿐인가 하노라

더우면 꽃 피고 추우면 잎 지거늘
솔아 너는 어찌 눈서리를 모르느냐
구천에 뿌리 곧은 줄을 그것으로 아노라

나무도 아닌 것이 풀도 아닌 것이
곧기는 뉘 시키며 속은 어이 비었는다
저렇게 사시에 푸르니 그를 좋아하노라

작은 것이 높이 떠서 만물을 다 비추니
밤중의 광명이 너만한 게 또 있느냐
보고도 말 아니하니 내 벗인가 하노라

나는 요즘 윤선도의 시를 읽고 있다. 완도나 해남에서 배를 타고 한 시간쯤 가면 보길도가 나온다. 그 섬 어딘가에 그가 만든 아름다운 정원이 있고, 그 정원 가에 시비가 세워져 있다. 그 시비에 새겨진 시는 「어부사시사」다. 나는 그 시비에서 우리 시의 정수를 본다. 이번 여름방학 동안 나는 우리의 고전시가를 공부하려고 책을 한 아름 사다 놓았다.

세월이 가도 죽지 않고 살아 사람들의 심금을 울리는 시가 몇 편이나 될까. 그럴 시인은 과연 몇 명이나 될까.

어느 한가한 날 거실에 누워 이 시를 소리 내어 읽어보라. 세상을 살아가는데, 나의 벗이 다섯이면 족하리라는 생각을 하게 될 것이다.

십 리 절반 오리나무

봉산 지방 전래 동요

십 리 절반 오리나무

열아홉에 스무나무

마흔아홉에 쉰나무

아흔아홉에 백자나무

방구뀄다 뽕나무

아이 업었다 자작나무

꾹 찔렀다 피나무.

에라, 그럼 너는 너도밤나무, 거짓말하지 마라 이놈아 참나무, 찔레 먹다 찔려 아이쿠 피 나네 찔레나무, 배고 파 밥 생각나는데 이팝나무, 산이 낳은 산딸나무, 잘못했다 사 과나무, 너무 높다 딸 감나무, 너무 낮다 며느리 감나무…….

별

이병기

바람이 서늘도 하여 뜰 앞에 나섰더니,
서산 머리에 하늘은 구름을 벗어나고
산뜻한 초사흘 달이 별과 함께 나오더라.

달은 넘어가고 별만 서로 반짝인다.
저 별은 뉘 별이며 내 별 또한 어느 게오.
잠자코 홀로 서서 별을 헤어 보노라.

나는 가람 선생님을 좋아한다. 그의 글도 좋아하고 글에서 느껴지는 선비다운 곧은 기개와 단아함을 좋아한다. 풍요로워서 끝과 갓이 없을 것 같은 정신의 폭과 깊이와 넓이와 높이를 나는 그의 시에서 느낀다. 나는 산골에 살아서 우리 지역의 큰 시인인 신석정 선생님과 가람 선생님, 이 두 시인을 생전에 뵙지 못했다. 그렇다고 내가 그분들을 뵙지 못했다고 해서 그분들의 시 정신을 모른다고는 말 못하겠다. 나는 세상에서 어른을 만나보지 못했다. 내 머릿속에 그리는 어른들에 이 두 분의 모습이 때로 떠오른다. 큰마음, 큰 손, 큰 침묵, 너그러움과 보이지 않는 단호함, 그런 사람이 오래 그리웠다.

오늘 하루 종일 보슬비가 내린다. 비는 내 마음에도 내려서 보슬보슬 이 생각 저 생각을 일으키고 키워냈다. 생각이 이렇게 커갈 때도 있다.

길을 가다

이준관

길을 가다 문득
혼자 놀고 있는 아기새를 만나면
다가가 그 곁에 가만히 서 보고 싶다.
잎들이 다 지고 하늘이 하나
빈 가지 끝에 걸려 떨고 있는
그런 가을날.
혼자 놀고 있는 아기새를 만나면
내 어깨와
아기새의 그 작은 어깨를 나란히 하고
어디든 걸어 보고 싶다.
걸어 보고 싶다.

내가 초등학교 1학년 때였다. 아마 봄이었을 것이다. 나는 일중리에 사는 주석이라는 친구와 함께 운동장 가에 있는 벚나무 밑에서 놀고 있었다. 우리 머리 위 나뭇가지에서 남색 날개를 가진 아주 예쁜 새들이 이리저리 날아다니며 시끄럽게 울고 있었다. 나는 주석이와 함께 그 새들을 올려다보았다. 그리고 작은 돌멩이를 주워 새들을 향해 힘껏 던졌다. 퍽 소리가 나며, 새의 깃털들이 흩어짐과 동시에 새가 빙글빙글 돌아 떨어지더니, 내 발 앞에 툭 떨어졌다. 나는 너무나 놀라 주석이를 바라보았다. 주석이도 너무 놀란 나머지 겁먹은 눈을 똥그랗게 뜨고 나와 새를 번갈아 보았다. 내가 어쩔 줄을 모르고 땅에 떨어져 죽은 새를 내려다보고 있는데, 어? 새가 약간 움직이는 듯했다. 새가 다시 한번 꿈틀거리더니, 고개를 들었다. 순간 새의 눈과 내 눈이 마주치는 것 같았다. 새는 몸을 벌떡 일으키더니, 푸드득 날아올랐다. 어? 나는 또 놀랐다. 새가 푸른 하늘을 날아오르더니, 학교 뒷산으로 날아갔다. 휴우, 주석이와 나는 크게 한숨을 쉬었다. 참으로 놀라운 사건이었다.

얼마 전 주석이에게 오랜만에 전화가 왔다. 주석이의 목소리를 들으며 그 벚나무로 눈길이 갔다. 나는 그 벚나무를 바라보며 주석이의 전화를 받았다. 지금 나는 주석이와 함께 돌멩이를 던졌던 학교에 근무하고 있다. 지금부터 51년 전 그 나무들은 이제 우리처럼 늙었다.

먼 길

윤석중

아기가 잠드는 걸
보고 가려고
아빠는 머리맡에
앉아 계시고,

아빠가 가시는 걸
보고 자려고
아기는 말똥말똥
잠을 안 자고.

아버지, 이 세상에서 가장 아름다운 이름, 아버지. 이 세상에서 가장 무거운 이름 아버지. 그 아버지를 불러 본 지도 오래되었다. 어느 날 나는 버스에 가방을 놓고 내렸다. 집에 와서 처음으로 아버지께 매를 맞았다. 그 밤, 아버지는 나를 가슴에 안고 이렇게 말씀하셨다. "용택아, 괜찮다. 또 사줄게." 나는 울었다. 이 세상에서 가장 장엄한 이름은 아버지라는 이름이다. 아버지들이 가지고 있는 자식에 대한 침묵을 나는 사랑한다.

닭

강소천

물 한 모금 입에 물고,
하늘 한 번 쳐다보고.

또 한 모금 입에 물고,
구름 한 번 쳐다보고.

봄이 되면 닭이 알을 품는다. 구렁이가 알을 삼키고 뱃속에 든 알을 깨기 위해 기둥을 칭칭 감고 용을 쓰는 모습을 보기도 했다. 닭은 알을 21일간 품는다. 어미 닭 한 마리가 알을 열다섯 개쯤 품고 있지만 병아리로 다 깨어나오는 것은 아니다. 알을 깨고 병아리가 나올 때쯤이면 어미 닭은 21일간 안간힘을 다했기에 몰골이 말이 아니다. 닭이 제일 사나울 때는 알을 품고 있을 때와 병아리를 데리고 다닐 때다. 아무튼, 병아리들이 알껍데기를 주둥이로 깨고 나와 햇빛 좋은 마당에 내려선다. 마당을 돌아다니다가 모이를 주워 먹고 물을 한 번 먹고 하늘을 쳐다본다. 그 모습은 닭의 모습 중에서 제일 어여쁜 모습일 것이다.

헤세는 사람도 알을 깨고 세상으로 나온다고 했는데, 그것을 '아브락사스'라고 했다.

보슬비의 속삭임

강소천

나는 나는 갈 테야, 연못으로 갈 테야.
동그라미 그리러 연못으로 갈 테야.

나는 나는 갈 테야, 꽃밭으로 갈 테야.
꽃봉오리 만지러 꽃밭으로 갈 테야.

나는 나는 갈 테야, 풀밭으로 갈 테야.
파란 손이 그리워 풀밭으로 갈 테야.

강변에 파란 풀밭이 있었다. 풀밭은 강물까지 이어져 있고, 풀밭에는 붉은 자운영꽃과, 하얀 토끼풀꽃, 그리고 노란 양지꽃이 뒤섞여 꽃무늬 융단처럼 깔려 있었다. 그 꽃밭 여기저기에는 검고 커다란 바위들이 박혀 있었다. 나는 그 강변을 맨발로 돌아다니기 좋아했다. 비가 내리고 있었다. 맨발로 꽃밭을 걸어다니던 나는, 빗방울이 풀잎에 떨어져 이슬이 되고, 강물에 떨어져 동그라미를 만드는 모습을 보고 있었다. 빗방울이 물에 닿는 순간 생기는 작은 동그라미는 금방 커지며 다른 물방울과 부딪쳐 사라져갔다. 바람 없는 강물 위에 떨어지던 빗방울이 일으키는 그 수많은 동그라미를 바라보던 나는, 지금 어디에서 무엇을 하고 있는가. 맨발로 걸어다니던 그 강변 꽃밭은 어디 갔는가.

두껍아 두껍아

전래동요

두껍아, 두껍아, 흙집 지어라.
두껍아, 두껍아, 흙집 지어라.

개미는 흙 나르고,
황새는 물 긷고.

까치가 밟아도 딴딴,
황소가 밟아도 딴딴.

두껍아, 두껍아, 흙집 지어라.
두껍아, 두껍아, 흙집 지어라.

헌 집은 무너지고,
새 집은 튼튼하고,

굼벵이가 살아도 딴딴,
토끼가 살아도 딴딴.

점심밥을 먹으면 동네 남자들은 모두 느티나무 밑으로 모여들었다. 커다란 우산 같은 느티나무 밑에는 넓적넓적한 바위들이 놓여 있었고, 그 바위를 차지하고 사람들이 잠을 자기도 하고, 장기를 두기도 했다. 그 둥구나무 밑에는 모래밭이 있었다. 우리는 모래밭에서 깜장 고무신으로 차를 만들어 나무나 돌을 부웅부웅 실어 나르기도 하고, 또 한쪽에서는 모래를 파서 두꺼비집을 만들기도 했다. 모래밭을 뒤집어 파면 어떤 때는 자라 알이 나오기도 하고, 어떤 때는 막 깬 새끼 자라들이 나오기도 했다. 작고 예쁜 새끼 자라들을 냇가로 가지고 가서 물에 놓아주면 몸에 묻은 모래가 물 아래로 하얗게 떨어졌다. 네 개의 작은 발로 헤엄을 치며 물 깊은 곳을 향해 가던 새끼 자라들이 눈에 선하다. 아! 그 그리운 둥구나무 밑은 지금 풀들이 우북하여 쓸쓸하다. 허물어지면 다시 모래가 되던 집, 그 집은 자연의 집이었다.

어머니는 언제나

엄기원

어머니는 언제나 그러셨어요
내가 어렸을 적에

따뜻한 아랫목엔
나를 재우고
어머니는 윗목에
누우시면서

"나는 시원한 데가 좋단다."

어머니는 언제나 그러셨어요
내가 어렸을 적에

구운 생선 살코기는
나만 주시고
어머니는 뼈다귀만
빠시면서

"나는 생선뼈가 맛있단다."

내 아들딸은 어려서 할머니, 그러니까 나의 어머니와 함
께 시골에서 자랐다. 아이들은 할머니의 젖가슴을 만지며
놀았다. "할머니 젖은 왜 이리 작아요?" 그러면 어머니는 늘
"너그 아버지와 고모와 삼촌들이 다 뜯어먹어서 그런다." "뜯어
먹어?" "그려 이놈아." 그렇다. 어머니는 그렇게 우리에게 자기
를 다 주어버린 사람이다. 이 시를 읽었다면 지금 바로 시골 어
머니께 전화하라. "엄마! 엄니! 어무이! 어메! 별일 없제. 나 잘
있어. 걱정 마."

험난한 세상 세월을 견디며 살아오신 저 산천을 닮은 어머니,
우리 어머니.

비눗방울

목일신

비눗방울 날아라,
바람 타고 동동동.
구름까지 올라라,
둥실둥실 두둥실.

비눗방울 날아라,
지붕 위에 동동동.
하늘까지 올라라,
둥실둥실 두둥실.

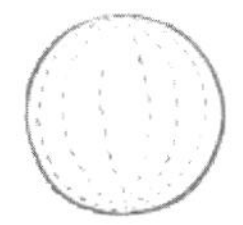가난한 시골 아이들이 유일하게 공중으로 띄워 올릴 수 있는 꿈, 비눗방울. 푸른 하늘 어디선가 꺼지는지도 모르게 꺼지는 꿈, 비눗방울에 불어넣은 꿈.

개구리

한하운

가갸 거겨
고교 구규
그기 가.

라랴 러려
로료 루류
르리 라.

 논두렁길을 갑니다.

개구리들이 와글와글 울어댑니다.

하도 시끄러워 고함을 꽥 지릅니다.

개구리 소리가 뚝 그칩니다.

몇 걸음 갑니다.

개구리들이 또 웁니다.

돌아보며 또 꽥 소리를 지릅니다.

뚝 그쳤다가 다시 웁니다.

개구리 울음소리를 우리가 못 알아듣는 것은, 개구리들이 닿소리와 홀소리를 마구 쏟아내기 때문이랍니다.

감자꽃

권태응

자주 꽃 핀 건 자주 감자,
파 보나 마나 자주 감자.

하얀 꽃 핀 건 하얀 감자,
파 보나 마나 하얀 감자.

이 시는 너무나 유명한 시다. 이 시를 읽으면 나는 이오 덕 선생님과 유종호 선생님과 판화가 이철수와 시인 도종환 선생님이 생각난다.

자주 꽃이 핀 감자에서 반드시, 꼭, 틀림없이, 어떤 일이 있어도 자주 감자가 되느냐를 놓고 앞의 세 분 사이에 일어난 문학적 사건(?)이 정말 재미있다. 나는 그 이야기를 도종환 선생님에게서 들었다. 도종환 선생님이 그 이야기를 하면서 정말 재미있어했다. 그 이야기를 알고 싶은 분은 도종환 선생님께 연락하라. 소상히, 아주 재미있게 그 심각했던 세 분에게 얽힌 이야기를 해주실지 모른다.

엄마 무릎

임길택

귀이개를 가지고 엄마한테 가면
엄마는 귀찮다 하면서도
햇볕 잘 드는 쪽을 가려 앉아
무릎에 나를 뉘어 줍니다.
그리고선 내 귓바퀴를 잡아 늘이며
갈그락갈그락 귓밥을 파냅니다.

아이고, 니가 이러니까 말을 안 듣지.
엄마는 들어 낸 귓밥을
내 눈앞에 내보입니다.
그리고는
뜯어 놓은 휴지 조각에 귓밥을 털어 놓고
다시 귓속을 간질입니다.

고개를 돌려 누울 때에
나는 다시 엄마 무릎내를 맡습니다.
스르르 잠결에 빠져듭니다.

임길택을 나는 한 번 보았다. 그는 정말 순진한 사람이었다. 많은 사람을 만났지만 그는 끝까지 초등학교 교사로 남을 사람으로 보였다. 그는 처세란 것을 모르는 사람이었다. 초등학교 선생 아니면 아무것도 할 수 없는 사람이었다. 나는 그가 좋았다. 그런 그가 몇 편의 동시와 동화를 남기고 젊은 나이에 죽었다. 천진난만함이 없는 사람은 동시를 못 쓴다. 동시는 말로 쓰지 않고 마음으로 쓴다. 시는 발상난이 아니고 삶이다. 동시야말로 가장 시다워야 한다. 임길택, 그는 삶을 노래한 이 땅의 귀한 '시인'으로 남을 것이다.

그리운 언덕

강소천

내 고향 가고 싶다 그리운 언덕
동무들과 함께 올라 뛰놀던 언덕.

오늘도 그 동무들 언덕에 올라
메아리 부르겠지, 나를 찾겠지.

내 고향 언제 가나 그리운 언덕
옛 동무들 보고 싶다, 뛰놀던 언덕.

오늘도 흰 구름은 산을 넘는데
메아리 불러 본다, 나만 혼자서.

고향은 없다. 이제 우리에게 고향은 없다. 향수로 살면 된다. 우리가 치달리며 놀던 눈부신 언덕은 부서지고 우리가 물장구 놀던 강물은 더러워졌다. 우리가 살던 산천은 묵어 가고, 부서지고, 허물어졌다. 고향을 버리고 파괴하면서 우리의 정신도 함께 파괴했다. 우리가 버린 고향 땅에 나만 홀로 더러워진 강가에 앉아 어둔 산그늘 따라온 어둠에 묻히며 때로 새처럼 꺼이꺼이 운다.

지게꾼과 나비

신영승

할아버지 지고 가는 나무지게에
활짝 핀 진달래가 꽂혔습니다.

어디서 나왔는지 노랑나비가
지게를 따라서 날아갑니다.

아지랑이 속으로 노랑나비가
너울너울 춤을 추며 따라갑니다.

아! 이 시. 내가 초등학교 3학년인가 4학년 때 배운 시. 아버지가 동네 산에서 진달래꽃이 꽂힌 나뭇짐을 한 짐 짊어지고 강 길을 걸어오실 때 노랑나비가 아버지 나뭇짐을 따라오고 있었다. 아지랑이가 아롱거리는 강 길, 길고 긴 봄날 배고픈 다리, 그 힘겨운 발걸음을 따라 날아오던 나비, 나는 그뒤로 나비에 대한 시를 좋아하게 되었고, 나비에 대한 시를 몇 편 썼다. 그 시를 여기 한 편 옮겨 보겠다.

날아가는 나비
저기 어디선가 깜박 꺼지네

눈을 비비며 저기 붉은 산당화 꽃 한 송이
피네

─김용택, 「비, 다음에 꽃」

오리

권태응

풍덩 엄마오리
연못 속에 풍덩.
퐁당 아기오리
엄마 따라 퐁당.

둥둥 엄마오리
연못 위에 둥둥.
동동 아기오리
엄마 따라 동동.

앞 강에 겨울이 되어도 가지 않고 그냥 여름에도 눌러 사는 청둥오리들이 있다. 초여름이 되면 이 오리들이 새끼를 데리고 돌아다니는 것을 볼 수 있다. 새끼 오리들은 삐이삐이삐이 하며 어미를 따라 헤엄쳐다닌다. 사람들이 그 새끼 오리들을 그냥 둘 리 없다. 총으로, 그물로 잡으려 들지만 나는 아직 새끼 오리를 잡았다는 소식을 듣지 못했다. 빠른 어미 오리를 따라가는 새끼 오리도 정말 빠르게 움직인다. 그래도 가을이면 열두어 마리의 새끼 오리들이 죽고 서너 마리쯤 살아 있다. 살아남은 오리들이 다 자라 큰 바위 위로 올라가 나는 연습을 하는 것을 종종 보았다. 바위 위에서 포르르 날아 물에 '칵' 처박히는 모습을 보며 나는 혼자 웃었다. 그러다가 연습을 끝낸 오리들이 푸른 가을 하늘 높이 나는 것을 보며 나는 눈부셔했다. 엄마를 따라 동동 떠다니던 오리들이 푸른 하늘을 나는 것이다. 반짝이는 날개를 가진 오리들은 어떻게든 살아남는다.

꽃밭

윤석중

아기가 꽃밭에서
넘어졌습니다.
정강이에 정강이에
새빨간 피.
아기는 으아 울었습니다.
한참 울다 자세히 보니
그건 그건 피가 아니고
새빨간 새빨간 꽃잎이었습니다.

어린 날 동네싸움에서 먼저 코피가 나는 사람이 진 사
람이었다. 어릴 때 제일 무서운 것은 내 몸에서 나는
피였다. 어른이 되어 우리는 날마다 피투성이가 되어 산다. 피
는, 내 피든 다른 사람의 피든, 진짜 무섭다. 이런 말 안 듣고
살았으면 좋겠다. "어, 이거 피잖아. 피 봤네!"

옥중이

신현득

옥중아 옥중아
너는 커서 뭐 할래?

보리밥 수북이 먹고
고추장 수북이 먹고

나무 한 짐
쾅당! 해오지.

정말 재미있는 시다. 이 시에서 '쾅당'은 정말 압권이다. 자기가 하는 일에 대해 자신만만함이 이만은 해야 되지 않겠는가.

물

청양 지방 전래 동요

구정물은 나가고
맑강물은 들어오고.

어린 날 피라미들을 잡아 강가 자갈밭에 작은 샘을 파고 고기를 거기에 가두어 두었다. 자갈밭을 손으로 파면 그 샘에 금방 물이 고였다. 구정물이었다. 그러면 우리는 노래를 불렀다. '구정물은 나가고/ 말강물은 들어오고.' 그러면 금방 구정물이 나가고 맑은 물이 들어와 작은 피라미들의 모습이 보였다. 나무를 해 가지고 오다가 목이 마르면 강물을 마셨다. 어디를 가다가 물을 사먹을 때 나는 문득 이 노래가 생각난다.

파란 마음 하얀 마음

어효선

우리들 마음에 빛이 있다면
여름엔 여름엔 파랄 거여요.
산도 들도 나무도 파란 잎으로
파랗게 파랗게 덮인 속에서
파아란 하늘 보며 자라니까요.

우리들 마음에 빛이 있다면
겨울엔 겨울엔 하얄 거여요.
산도 들도 지붕도 하얀 눈으로
하얗게 하얗게 덮인 속에서
깨끗한 마음으로 자라니까요.

형편없는 그림을 보면 아무 할 말이 없고, 좋은 그림을 보면 할 말이 많이 일어난다. 그러나 아주 좋은 그림을 보면 할 말이 전혀 없다. 할 말이 없는 그 아름다운 침묵. 그러나 정말 좋은 그림을 보면 그림하고는 전혀 상관없는 것 같은 다른 말이 나온다. 많은 말이 그림 앞으로 쏟아져 나온다.

이 시는 우리들이 잘 불렀던 노래다. 식구들과 한번 크게 불러보라. 혹 눈물이 날지 아는가.

달

윤석중

달, 달, 무슨 달.
쟁반같이 둥근 달.
어디어디 떴나
남산 위에 떴지.

달, 달, 무슨 달.
낮과 같이 밝은 달.
어디어디 비추나
우리 동네 비추지.

달, 달, 무슨 달.
거울 같은 보름달.
무엇무엇 비추나
우리 얼굴 비추지.

조금 오래된 옛날 동네에 한 아이가 살았다네요. 그 아이가 자라 학교에 갔대요. 초등학교 1학년이 된 것이지요. 어느 날, 그러니까 쟁반같이 둥근 달이 동네 남산 위에 둥실 떠 동네를 환하게 비추던 날, 그 아이와 아버지가 마루에 앉아 둥근 달을 보고 있었더랍니다. 아이의 아버지가 물었습니다. "용택아, 오늘 학교에 가서 무얼 배웠느냐?" 용택이는 아무 생각이 나지 않았다지요. 그런데 그때 남산 위에 둥근 달을 올려다본 거예요. 용택이는 자신 있게 말했습니다. "달이요." "뭐? 달?" "네." "그래, 그럼 그 공부를 한번 말해보아라." 용택이는 그때 달을 올려다보며 "달 달 무슨 달 쟁반같이 둥근 달 어디어디 떴나 남산 위에 떴지" 그랬대요. 용택이 아버지는 그만 달을 보며 허허 하고 웃었답니다. 쟁반같이 둥근 달이 진짜 남산 위에 떠 있었거든요.

꼬까신

최계락

개나리 노오란
꽃 그늘 아래

가즈런히 놓여 있는
꼬까신 하나

아가는 사알짝
신 벗어 놓고

맨발로 한들한들
나들이 갔나

가즈런히 기다리는
꼬까신 하나

아름답고, 아름답도다. 시인의 눈이여!

나뭇잎 배

박홍근

낮에 놀다 두고 온 나뭇잎 배는
엄마 곁에 누워도 생각이 나요
푸른 달과 흰 구름 둥실 떠가는
연못에서 사알살 떠다니겠지

연못에다 띄워 논 나뭇잎 배는
엄마 곁에 누워도 생각이 나요
살랑살랑 바람에 소곤거리는
갈잎 새를 혼자서 떠다니겠지

언젠가 서울에 가서 황석영 형님을 만난 적이 있다. 그때 시 쓰는 김사인이랑 같이 있었는데, 이 술집 저 술집 다니며 술을 마셨다. 형님이 집엘 들어가지 않으려고 우리를 데리고 다녔던 것이다. 어느 집에선가 사인이더러 노래를 부르라고 했다. 사인이가 그때 부른 노래가 이 노래였다. 나는 이 노래가 그렇게 멋진 노랜지 그때까지 몰랐다. 사인이가 자기 나름대로 편곡을 해서 불렀는데, 세상에 이 시가 그렇게 아름다운 시인지도 나는 그때 알았던 것이다. 지금도 이따금 사인이 생각을 하면 이 시와 노래가 생각난다. 눈을 지그시 감고 이리저리 몸을 흔들며 멋들어지게 노래를 부르던 모습이.

바람이 길을 묻나 봐요

공재동

꽃들이 살래살래
고개를 흔듭니다.

바람이
길을 묻나 봅니다.

나뭇잎이 잘랑잘랑
손을 휘젓습니다.

나뭇잎도
모르나 봅니다.

해는 지고
어둠은 몰려오는데

바람이 길을 잃어
걱정인가 봅니다.

누군가가 이렇게 말했다
바람이 분다 살아야겠다

오늘 아침 창문을 여니

멀리 잿빛의 도시 위로

하나 가득 몰려든 비바람

문을 닫고 돌아와

따뜻한 난로 옆에 앉는다

아, 나의 앞에는

얼마나 거친 시간들이

준비되어 있는 것일까

누군가가 말했듯이

바람이 분다

—폴 발레리, 「바람이 분다 살아야겠다」

비 오는 날

임석재

조록조록 조록조록 비가 내리네.
나가 놀까 말까 하늘만 보네.

쪼록쪼록 쪼록쪼록 비가 막 오네.
창수네 집 갈래도 갈 수가 없네.

주룩주룩 주룩주룩 비가 더 오네.
찾아오는 친구가 하나도 없네.

쭈룩쭈룩 쭈룩쭈룩 비가 오는데
누나 옆에 앉아서 공부나 하자.

비 오는 날을 이렇게 재미있게 표현한 동시도 없을 것
이다. 비의 내리는 양에 따라 마음이 점점 변해간다. 나
중에는 에라 모르겠다 숙제나 하자, 하고 자포자기한다. 아이
들이 다 돌아간 지금 운동장에 비가 조록조록 오고 있다. 에라,
다 제치고 저 빗소리를 들으며 좀 졸아볼까.

리 자로 끝나는 말

윤석중

리 리 리 자로 끝나는 말은
꾀꼬리 목소리
개나리 울타리
오리 한 마리.

내가 근무하는 덕치초등학교 운동장에는 오래된 벚나무가 학교를 둘러싸고 있다. 그 오래된 벚나무 숲에는 새들이 많이 사는데, 잎이 다 우거진 6월이면 꾀꼬리들이 날아든다. 꾀꼬리는 까치와 싸움을 하는지, 아니면 장난을 치는지 서로 쫓고 쫓기며 이리저리 날아다니다가 다급하게 울기도 하고, 느긋하게 울기도 한다. 어쩔 때는 두 마리가 엉켜 땅으로 곤두박질을 쳐서 내가 어? 어? 할 때도 있다. 오랫동안 꼭 그때만 되면 그런 소동을 벌이지만, 아직 그 두 종류의 새들이 어떤 사이인지 나는 모르겠다. 하여튼 꾀꼬리 울음소리를 들을 때마다 나는 이 '리 리 리 자로 끝나는 말' 노래를 흥얼거린다.

달팽이와 놀아나다

서정춘

어딜 가니

몰라

멀리 가니

모올라

가기는 가니

(!!)

너 진짜 가기는 가니? 달팽아.

내가 근무했던 마암분교에 창우라는 2학년 아이가 있었다. 어느 날 그 아이가 「달팽이」라는 동시를 지어왔다.

달팽이가 엉금엉금 기어가네
호숫가에도 달팽이가 기어가네

달팽이는 지가 집이다

추운 날

이준관

추운 날 혼자서
대문 앞에 서 있으면요.

지나가던 아저씨가
─엄마를 기다리니? 발 시리겠다.

지나가던 아주머니가
─원, 저런. 감기 걸리겠다. 집에 들어가거라.

지나가던 강아지가
─야단맞고 쫓겨났군, 안됐다. 컹컹.

대문 앞에서 친구를 기다리는
내 마음
알지도 못하고…….

팽, 팽, 팽, 돌고 싶은 팽이가
내 주머니 속에서
친구를 동동 기다리는 줄도 모르고…….

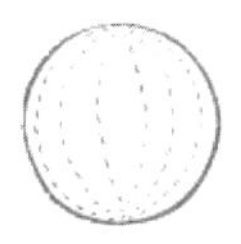 이 시는 초등학교 2학년 1학기 '읽기 교과서'에 있는
시다.

살다보면 이런 오해를 받을 때가 얼마나 많은가.

그러나 억울해하지 마라.

주머니에는 팽팽 돌고 싶은 팽이가 있으니.

뽀뽀 안 할 거예요

김미혜

"그것 참 고소하다!
그것 참 싱싱하다!"
아빠가 빙어를 먹어요.

은빛 물고기
작은 물고기

까만 눈 달달 떠는데
파닥파닥 몸부림치는데

핏방울같이 튄
뻘건 고추장 닦아 가며
아빠가 빙어를 먹어요.

아빠랑 뽀뽀 안 할 거예요.
입 닦아도 안 할 거예요.

빙어회를 먹어보셨는지요. 찬바람 부는 2월, 너무 작고 희어서 파르르 떨리는 파리한 빛의 빙어, 일본에서 온 이 작은 물고기는 우리 민물고기들이 살지 않는 깊고 찬 물속에서 삽니다. 외국 어종이지만 유일하게 우리 호수의 생태계를 교란시키지 않는 이 고기는 얼음이 어는 겨울에 먹는다고 해서 얼음 氷자, 고기 魚자 빙어랍니다. 빙어철이 되면 얼음 구멍을 뚫고 물속에서 빙어를 낚아 그 자리에서 고추장을 찍어 먹는 모습을 텔레비전에서 봅니다. 파들파들 떠는 그 파르르한 흰빛과 붉은 고추장과 사람의 캄캄한 입, 아! 빙어.

개구쟁이

문삼석

개구쟁이래도 좋구요,
말썽꾸러기래도 좋은데요,
엄마,
제발 '하지 마. 하지 마.' 하지 마세요.
그럼 웬일인지
자꾸만 더 하고 싶거든요.

꿀밤을 주셔도 좋구요,
엉덩일 두들겨도 좋은데요,
엄마,
제발 '못 살아. 못 살아.' 하지 마세요.
엄마가 못 살면
난 정말 못 살겠거든요.

하하하하하하하하하하하하 하 우습다.

소

윤석중

암만 배가 고파도
느릿느릿 먹는 소.

비가 쏟아질 때도
느릿느릿 걷는 소.

기쁜 일이 있어도
한참 있다 웃는 소.

슬픈 일이 있어도
한참 있다 우는 소.

이 시는 초등학교 2학년 '읽기 교과서'에 있다. 지금 시골에서도 소나 닭이나 돼지를 보기 힘들다. 가축만을 기르는 업자들이 따로 있기 때문이다. 우리 반 아이들이 세 명인데 이 아이들이 '모'를 밭에 심는지, 논에 심는지도 모른다. 산골인데도 아이들이 '모'를 알지 못한다. 놀라운 일이 아니다. 그래서 보리를 파나 마늘로 보는 것도 놀랄 일이 못되고, 보리를 고구마나 감자로 보는 것도 놀랄 일이 아니다. 그러나 나는 우리 반 아이 한 명이 보리를 보고 고구마라고 할 때 진짜로 놀랐다. 이 시를 가르치면서 아이들에게 소를 보았느냐고 물었더니, 확실하게 대답하는 아이가 없었다. 나는 웃었다.

봄날

신형건

엄마, 깨진 무릎에 생긴
피딱지 좀 보세요.
까맣고 단단한 것이 꼭
잘 여문 꽃씨 같아요.
한번 만져 보세요.
그 속에서 뭐가 꿈틀거리는지
자꾸 근질근질해요.
새 움이 트려나 봐요.

 상처는 꽃이다. 이 세상에 상처 없는 영혼이 어디 있으랴. 상처, 또다른 이름의 꽃. 상처 속에서 생살은 차오른다. 오! 이 인생, 인생은, 삶은 고해 아닌가. 아픈 자리, 지금 그대 아픈 자리에서 삶의 꽃은 피어나리.

우리 반 여름이

김용택

우리 반에 여름이
가을에도 여름이
겨울에도 여름이
봄이 와도 여름이
우리 반에 여름이
여름 내내 여름이.

겁나게 부끄럽고 쑥스럽지만 이번 동시집에 제 동시를 한 편 넣었습니다. 왜냐하면요, 여기 실린 동시들이 너무나 아름답고 재미있었거든요. 그래서 염치 불구하고 슬쩍 나도 한번 끼어보고 싶었습니다. 왜 있잖아요. 잘난 사람들에게 끼고 싶은 때가 있잖아요. 이 시에 나오는 여름이는 윗동네, 그러니까 제 시「그 여자네 집」동네에 사는데요. 이 여름이는 '그 여자네 집' 바로 옆집에 삽니다. 2학년 때 우리 반이었거든요. 지금은 고등학교 2학년입니다. 여름이가 코를 훌쩍이며 동시를 쓰는 것을 보다가 쓴 동시입니다. 백창우라는 작곡가가 이 시를 노래로 만들었습니다. 사람들이 이 시를 읽으며, 글자 몇 자 안 가지고 시를 썼다고 놀리기도 합니다. 그럴 때마다 저는 "길다고 다 좋은 시가 아녀" 합니다. 제가 지금 2학년 세 명을 가르치고 사는데, 이 글이 제가 가르치는 2학년 교과서에 실려 있답니다. 시를 읽고 나서 푸는 문제가 있는데 이런 문제가 나옵니다. '이 시 속에 여름이란 말이 몇 번 나오는지 말해보세요.'

이렇게 길게 변명과 너스레를 떨며 제 시를 다시 읽어도, 그래도 제 시는 이 동시집 속의 많은 시에 못 미칩니다. 제 욕심을 널리 용서하세요.

별 하나

이준관

별을 보았다.

깊은 밤
혼자
바라보는 별 하나.

저 별은
하늘 아이들이
사는 집의
쬐그만
초인종

문득
가만히
누르고 싶었다.

이준관 시인은 정읍에 살았다. 나와 1948년생 쥐띠, 동갑내기다. 나는 그렇게 수줍어하는 시인을 처음 보았다. 한 번인가 두 번인가 보았는데, 고개를 약간 오른쪽인가 왼쪽인가 기울이고 수줍게 웃는 모습을 잊을 수 없다. 그는, 그러니까 이준관 시인은 수줍은 손짓으로 이 지구의 초인종을 가만히 눌러 아름다운 지구의 밤을 보고 싶은 것이다. 이 세상에서 제일 아름다운 초인종 앞에 수줍어 차마 손을 내밀지 못하고 서 있는 시인의 모습이 눈에 선하다. 이 시를 읽고 나서 밤하늘을 보라. 당신은 어느 별을 누르고 싶은가. 당신은 지금 어느 집으로 들어가고 싶은가.